wrex
COUNTY
BWRDEISTREF
wrec

Dych
Retu

0

3. DIFFODD YR HAUL

I RHYS HYWYN

Argraffiad cyntaf: 1984
Seithfed argraffiad: 2008

Rhif Llyfr Rhyngwladol: 0 86243 080 1

Lluniau: Angharad Tomos
Gwaith lliw: Elwyn Ioan

Argraffwyd a chyhoeddwyd yng Nghymru
gan Y Lolfa Cyf., Talybont, Ceredigion SY24 5AP
ffôn (01970) 832 304
ffacs 832 782
isdn 832 813
e-bost ylolfa@ylolfa.com
y we http://www.ylolfa.com/

Diffodd yr Haul

Angharad Tomos

CYFRES
RWDLAN

3

Un bore, deffrodd Rwdlan yn teimlo'n llawn direidi.
"Pa ddrygioni gaf i ei wneud heddiw, tybed?" meddai.
Yn sydyn, cafodd syniad am Dric Bendigedig i'w chwarae ar Rala Rwdins.

5

Mentrodd Rwdlan ar flaenau'i
thraed i mewn i stafell wely
Rala Rwdins. Roedd ei het big-
fain, ddu yn gorwedd ar stôl
wrth ymyl y gwely ac o'r gwely
deuai sŵn chwyrnu mawr.

"Mi wn i beth wna i," meddai Rwdlan wrthi'i hun, "mi rof i'r het fawr ddu dros lygaid Rala Rwdins. Mi fydd hi wedi drysu'n llwyr wedyn!" Gosododd Rwdlan yr het yn sownd dros lygaid Rala Rwdins ac aeth yn ei hôl i'w hystafell ei hun yn ddistaw bach, bach.

"Wyth o'r gloch!!!" sgrechiodd
y cloc larwm.
Deffrodd Rala Rwdins gyda
naid. Rargian fawr, beth oedd
yn bod? Roedd pobman yn
dywyll fel y fagddu!
"Daria'r hen gloc larwm 'na a'i
driciau!" meddai Rala Rwdins
yn flin. "Does dim posib ei bod
hi'n wyth o'r gloch eto!"
Ac aeth yn ei hôl i gysgu.

11

Roedd y gwely'n glyd a chynnes braf ac arhosodd Rala Rwdins ynddo am awr gron, gyfan. Erbyn hynny, teimlai'n hollol effro, ond roedd y stafell yn dal i fod yn dywyll fel bol buwch!

Cododd Rala Rwdins o'i gwely'n ofalus ac ymbalfalodd tuag at y ffenest. Agorodd y llenni. Roedd hi'n dal yn nos! Yn ei braw, baglodd ar draws y stôl fach a syrthiodd y cloc larwm ar lawr gan wneud sŵn dychrynllyd!

DRRIINGG!!!

13

"Ralahebrwdins! Mae'n rhaid nad ydi hi'n dal ddim yn amser codi," meddai Rala Rwdins dan duchan. "Does dim amdani ond mynd yn f'ôl i'r gwely. Does arna i'r un gronyn o awydd cysgu, chwaith."
Gorweddodd yn ei gwely yn syllu i'r tywyllwch.

Erbyn hyn, roedd Rwdlan wedi
molchi, gwisgo a bwyta'i brec-
wast ac aeth allan i gael tipyn
o awyr iach.
"Bore da, haul!" meddai'n
llawen. "Rydw i mewn hwyliau
da iawn heddiw. Dim gwaith!
Dim gwersi chwaith! Dyma
ddiwrnod i'r brenin!"
Wrth sefyll yno'n gwrando ar
yr adar yn canu, meddyliodd
am Dric Bendigedig arall i'w
chwarae!

Draw yn ogof Tu Hwnt, ym mhen pellaf y goedwig, roedd Ceridwen y wrach ddoeth yn dechrau deffro.

"Bore da i adar y byd!" meddai, gan ymestyn ei breich-iau'n uchel i'r awyr. Edrych-odd ar y cloc. "Brensiach, rydw i wedi cysgu'n hwyr heddiw! Mae hi'n hen bryd i mi godi!"

Aeth Ceridwen ar ei hunion i'r stafell molchi. Tynnodd ei sbectol a'i gosod yn ofalus ar silff y ffenest cyn estyn lwmpyn o sebon *Persawr Pêr* o'r drôr. Golchodd ei hwyneb yn lân efo'r trochion sebon.
Roedd hi mor brysur fel na welodd hi mo'r llaw fechan yn dod drwy'r ffenest ac yn cipio'r sbectol!

Wel dyna i chi drychineb!
Chwiliodd Ceridwen am ei
sbectol ymhobman. Bu'n
chwilio yn y bath. Bu'n chwilio
o dan y gwely. Bu'n chwilio yn
y stôf. Bu'n chwilio rhwng y
rhesi tatws yn yr ardd hyd yn
oed. Ond, gan nad oedd hi'n
gweld y nesaf peth i ddim beth
bynnag, doedd 'na fawr o
bwynt iddi hi chwilio!

Bu Ceridwen druan yn chwilio'n ddyfal am amser maith, ond doedd dim golwg o'r sbectol yn unman.

"Heb weld, ni chaf chwilio;
Heb chwilio, ni chaf sbectol;
Heb sbectol, ni chaf weld,"
meddai wrthi'i hun yn ddigalon. Llithrodd deigryn bychan, crwn o'i llygad ac i lawr ei boch.

Yng nghysgod coeden y tu allan
i ogof Tu Hwnt, roedd gwrach
fach, ddrygionus yn gweithio'n
brysur iawn. Tamaid o frwsh
ac ychydig o baent—a chyn
pen dim, roedd sbectol Cerid-
wen yn liw coch hyfryd.

"Gwarchod y gwrachod, dyma wastraff amser!" meddai Ceridwen ar ôl bod yn eistedd am sbel. "Wna i ddim dod o hyd i'r sbectol wrth eistedd fan hyn yn crio."

Ymlwybrodd yn drwsgl yn ôl i'r stafell molchi. Chlywodd hi mo'r ffenest yn agor yn ddistaw bach a llaw fechan yn gosod ei sbectol yn ôl ar y silff.

29

"Mi chwilia i ym mhob twll a chornel nes dod o hyd iddi hi," meddai Ceridwen yn flinedig. Ymbalfalodd o gwmpas y ffenest ac, yn sydyn, daeth ei bysedd ar draws y sbectol.

"Yr hyn a aeth o'm golwg ddaeth â'm golwg yn ôl," meddai Ceridwen yn ddoeth a phwyllog. (Dywedai rhyw bethau digon rhyfedd weithiau.) Ond, wrth osod y sbectol yn ôl ar ei thrwyn, dyna fraw gafodd hi! "Andros yr adar, beth sydd wedi digwydd?" meddai. "Mae popeth wedi troi'n goch!"

"Mae'n rhaid 'mod i'n sâl," cwynodd Ceridwen, "tybed ydi'r frech goch arna i? Mae'r coed a'r gwair yn goch. Mae hyd yn oed yr awyr a'r haul yn goch!"
Syllodd Ceridwen mewn syndod wrth weld creadur rhyfedd mewn coban yn cerdded tuag ati drwy'r goedwig.
"Tyrchod o'r gwrychoedd!" meddai mewn dychryn. "Mae hyd yn oed Rala Rwdins wedi troi'n goch!"

Roedd Rala Rwdins wedi cael
hen ddigon ar aros yn ei gwely.
Ni allai gysgu eiliad yn rhagor.
Roedd hi wedi ceisio cyfri
defaid. Roedd hi hyd yn oed
wedi cyfri cathod yn neidio dros
ysgub—ond doedd dim yn
tycio. O'r diwedd, pender-
fynodd godi a mentro drwy
dywyllwch y goedwig i holi
Ceridwen beth oedd yn bod.
Fe wyddai Ceridwen yr ateb i
bob cwestiwn.

Yn sydyn, clywodd Rala Rwdins lais Ceridwen yn galw arni allan o'r tywyllwch.

"Rala Rwdins! Rala Rwdins!" meddai Ceridwen yn gynhyrfus. "Diolch byth dy fod ti wedi cyrraedd. Mae 'na rywbeth ofnadwy wedi digwydd! Mae popeth yn y byd wedi troi'n goch!"

"Coch?" gwaeddodd Rala Rwdins. "Coch, wir! Be sy ar dy ben di'r hulpan wirion? Du ydi popeth nid coch. Rydw i wedi cerdded yr holl ffordd yma yn y tywyllwch i ofyn i ti be sy'n bod. Mae'n rhaid fod 'na rywun wedi diffodd yr haul!"

Syllodd Ceridwen ar Rala Rwdins. "Mae hi'n amlwg iawn i mi," meddai mewn llais araf a phwysig, "dy fod ti'n gweld pobman yn ddu oherwydd fod dy het di dros dy lygaid!" Dyna wrach ddoeth oedd Ceridwen!

41

"Mae hi'n ddydd o'r diwedd! Diolch o galon i ti," meddai Rala Rwdins. Edrychodd yn graff ar ei ffrind a gofyn mewn syndod, "Ceridwen fach, pam mae dy sbectol di'n goch?" Tynnodd Ceridwen ei sbectol a'i hastudio'n ofalus. Doedd ryfedd yn y byd ei bod wedi gweld popeth yn goch!

43

Gwarchod pawb, roedd y ddwy wrach yn flin! "Mae 'na rywun wedi bod yn chwarae triciau arnom ni," meddai'r ddwy fel petaen nhw mewn parti cyd-adrodd. "Ac mae gennym ni syniad go lew *pwy* sydd wedi bod wrthi, hefyd!"

Yn ei chuddfan y tu ôl i goeden
dderwen fawr, gwenai gwrach
fach wrthi'i hun!

Cyfres Rwdlan!

Efallai'r gyfres fwyaf llwyddiannus
i blant bach yn Gymraeg erioed!
Teitlau'r gyfres i gyd
am £1.95 yr un—

1. **Rala Rwdins**
2. **Ceridwen**
3. **Diffodd yr Haul**
4. **Y Dewin Dwl**
5. **Y Llipryn Llwyd**
6. **Mali Meipen**
7. **Diwrnod Golchi**
8. **Strempan**
9. **Yn Ddistaw Bach**
10. **Jam Poeth**
11. **Corwynt**
12. **Penbwl Hapus**

Hefyd ar gael:
Llyfr Llanast
Llyfr Smonach
Stwnsh Rwdlan
Parti Cwmwl
Ralalala (Llyfr Canu a Chasét)
Bathodynnau Pren
Jig-Sôs
Cerdyn Pen Blwydd
Posteri
Llyfr Nodiadau

*Am restr gyflawn o'n holl gyhoeddiadau,
anfonwch yn awr am gopi RHAD AC AM DDIM
o'n catalog lliw llawn!*